풀꽃 가득한 세상이어라

세상 모든 풀꽃들에게
이 시화집을 바칩니다

시화집을 내면서...

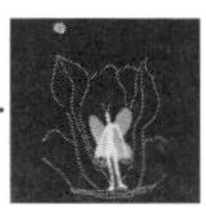

걷다가 가끔 시를 썼다.
걷다가 가끔 그림도 그렸다.
걷다가 가끔 글을 썼고
걷다가 가끔 사진도 찍었다.

누구나 시인이 되는 세상
누구나 화가가 될 수 있는 세상

스마트폰과 함께 그린
아름다운 세상 이야기를 하려 합니다.
재미있고 즐거운 여행이 되시길 바랍니다.
저와 함께 걸어가 보실까요? ^^

걷다가 가끔 詩 쓰는 남자
우석용
2018년 1월

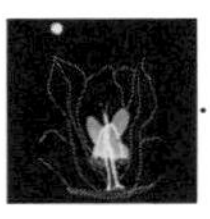

1 겨울 사이로 봄이 내리다 짧은 시 Ⅰ

차례

2 가을, 그 붉은 삶의 향기여 짧은 시 Ⅱ

3 꿈 사이로 별이 비치다 간결한 시

차례

4 풀꽃 가득한 세상이어라   긴 시

5 나비에 실어 보내는 마음 엽서시

풀꽃 가득한 세상이어라

걷다가 가끔 詩 쓰는 남자

풀꽃

후미진 골목
이름 모를 풀 하나
누가 본다고

자투리 햇살 아껴
힘껏 꽃을 피우네

시의 탄생

2017/10/20 01:02

흰 눈 내리네
가난한 말 사이로
눈꽃 피었네

뽐내지 않네
내리는 순간조차
눈꽃 핀 세상

달, 나비, 청년

하늘로 가자
보랏빛 달 보러 가자
나비를 부르네

소천 / 20171002월 우석용

춘몽春夢

봄 햇살 아래
꽃잎 두 장 나란히
꿈꾸고 있네

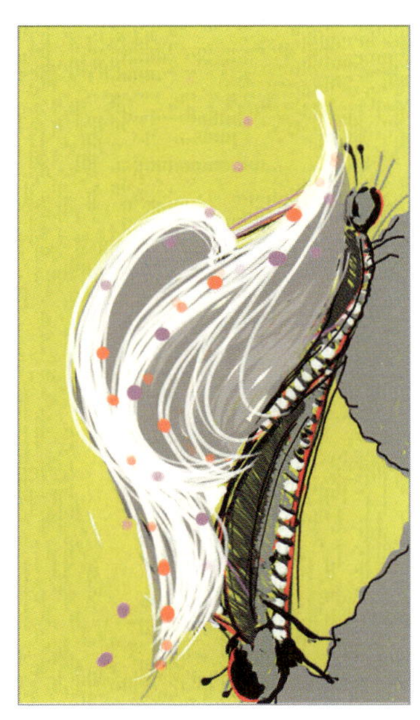

춘설春雪

눈꽃 가득 흩뿌리며
어린 봄 달래듯 가는
숨은 겨울의 하얀 미소

내일

2017/10/20 16:48

다가온다네
어떤 기억도 없는
하얀 내일이

구름 뒤에 숨겨둔
빛나는 보석처럼

시심詩心1

비치는 세상
분별없이 그리는
여여如如한 마음

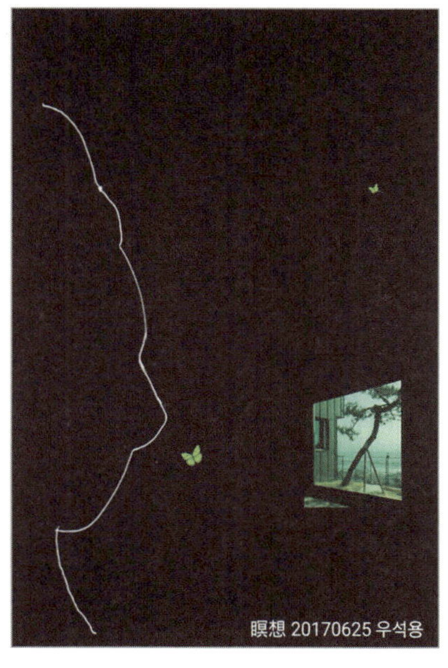

주접 酒蝶

취해 꿈꾸네
향기 따라온 나비
매향 내린 술

행복

어디에 숨었니
안녕
이젠 네가 보여

편지

못 가는 마음
달에 붙여 보내는
애타는 마음

풀꽃 가득한 세상이어라

안녕

2017/11/18 08:28

별이 된 꽃 다섯
교실 창가에 핀 꽃 세나
아빠 아들 손잡은 꽃 두나
하늘에 두고 영원히 보리라

(세월호 미수습자, 다섯 분을 추모하며)

깨달음

연못 뒤져도
연잎 위 맑은 구슬
찾지 못했네

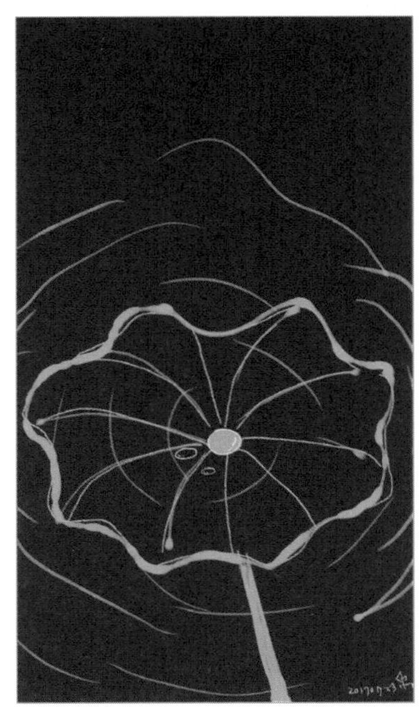

정좌正坐

푸른 연잎 가운데
함초롬 고인 이슬

아무 곳 앉지 마라
너를 보며 배우네

▶사진 : 허선량(사진작가)

낙화

2017/10/26 19:20

그 물 밖에서
손을 내지 않으니
꽃 떨어지다

슬픈 기적

2017/08/27 02:07

웃자란 나무
열매 없는 가지 끝에
멈춰 선 시선

봄날

2017/10/20 17:58

단풍이 온다
가진 것 하나 없는
나를 향하여

첫 데이트

잰걸음조차
갓 깬 봄 나비처럼
느리기만 해

나이

굶주린 영혼
어릴 적 나를 먹고
한 뼘 자라네

얼음 강 위를
힘겹게 날아가는
봄 향한 나비

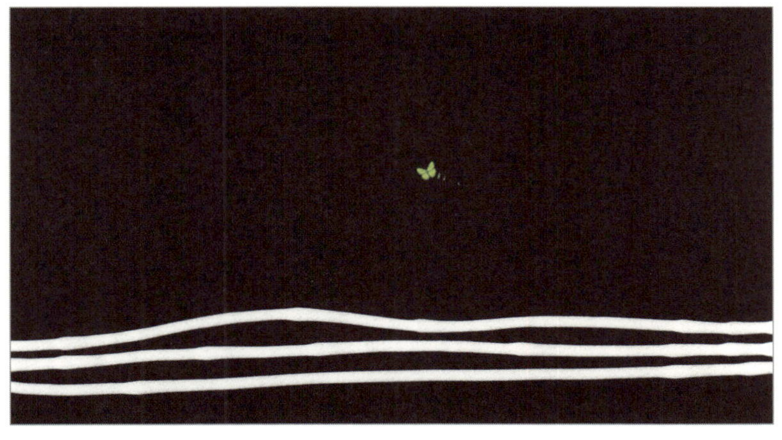

가을

2017/11/17 23:25

가을이 간다
가을가을거리며
가을이 간다

마음

붉은 단풍잎
깊푸른 호수 위에
떠 있는 구름

가을산행

성곽 따라 오솔길
그 길 따라 노란 꽃
꽃길 따라 핀 미소

야간산행

한 걸음 앞만 밝혀도
깊은 어둠 지날 수 있네

무제 513

계곡 맑은 물
가을 풍경 담았네
있는 그대로

무제 524

글을 쓰다가
쓰는 손이 보이네
시린 발바닥

무제 520

2016/11/14

솔가지 함께
멀리 보내는 시선
높은 산 너머

먼지

문득, 일어난
금빛 찬란함이여
찰나의 영광

정치 11

비도덕적인 사회를 살아가는
도덕적인 개인들이 모여 만든
비도덕적인 사회

마음이 있고서야
양심이 있다

물결 일어도
물에 비친 세상
변하지 않네

동거

2017/10/13 02:30

어스름 장터
남아 있는 푸성귀
한 소쿠리

기우뚱 가는 어깨
감싸는 고사리손

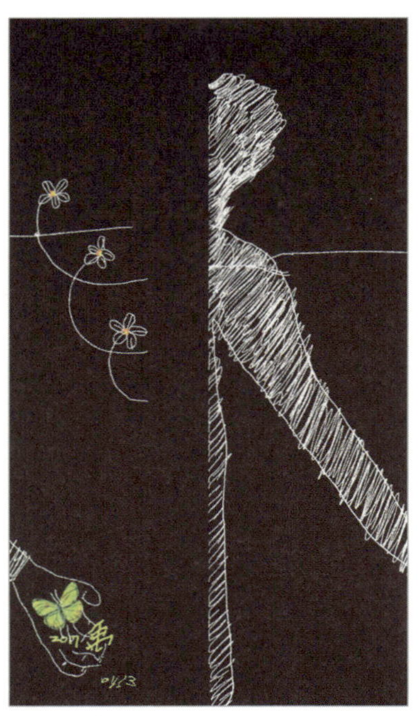

친구

석등잔 아래
모여 앉은 친구 셋

속 깊은 그림자 하나
어스름 외로움 하나

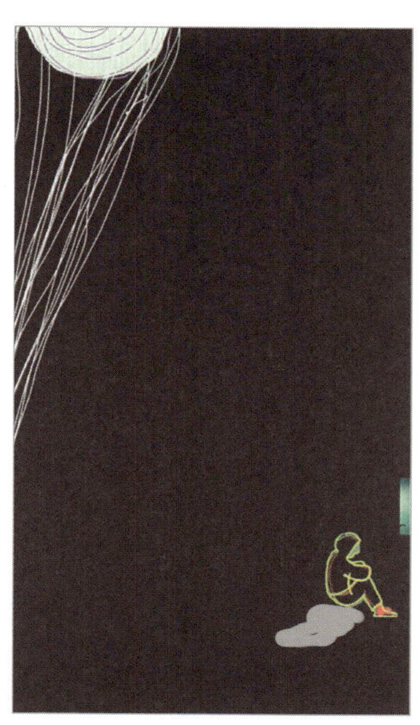

풀벌레 詩

시가 비워둔
감정의 깊은 계곡
풀벌레 소리

무심한 듯 지나는
바람 꼬리에 실려

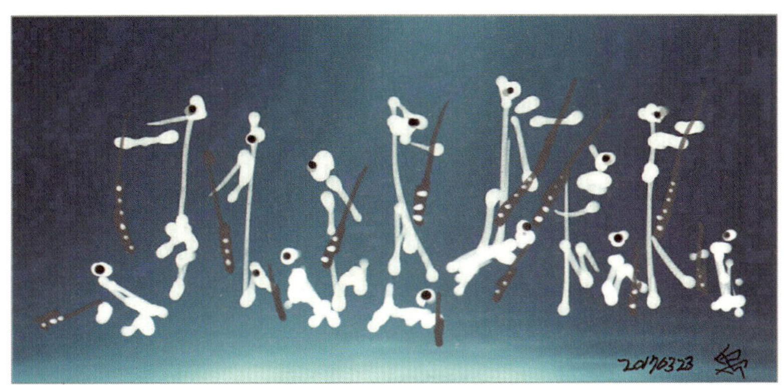

시심詩心2

살아 숨 쉬는
단어에 깃든 마음
활발발活潑潑 세상

시선 머무는 자리
마음이 함께 있네

월하독작 月下獨酌

2017/05/24

살구꽃 향기
달빛 타고 그윽이
술잔 감싸고

취한 듯 나비 한 쌍
달빛 사이 정겹네

별의 꿈

별과 꽃은 서로를 꿈꾸지
그래,
꽃들은 자신만의 별이 있어
너라는 꽃도 그래
밤하늘을 보렴
너도
저기 빛나고 있는
한 별의 꿈이야

층층점점

2017/10/18 22:43

아들은 아부지 그림자 먹고
딸은 엄니 그림자 먹고

뒷산 단풍은 층층 붉어지고
그림자는 점점 작아지고

어떤 대화 1, 2

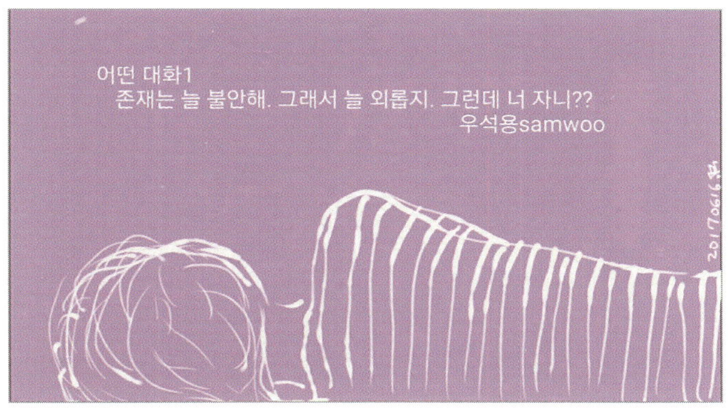

어떤 대화1
존재는 늘 불안해. 그래서 늘 외롭지. 그런데 너 자니??
우석용samwoo

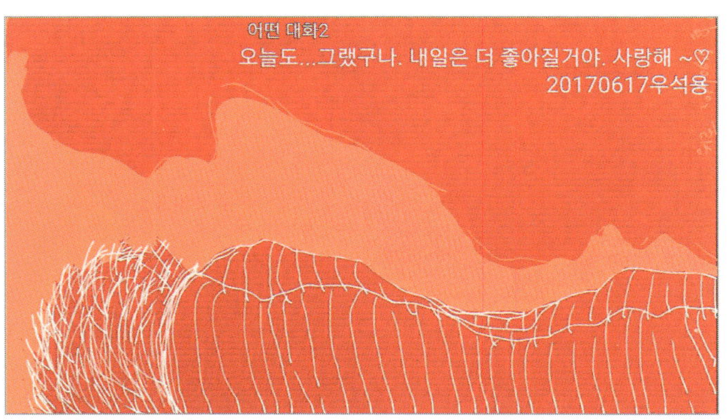

어떤 대화2
오늘도...그랬구나. 내일은 더 좋아질거야. 사랑해 ~♡
20170617우석용

바위처럼

나는 바위처럼 앉아 있었네
따스한 햇살이 얼굴을 만져주었네
작은 새들이 몰려와 놀다 갔었네
바람이 와서 세차게 부딪혔었네
나는 바위처럼 말이 없었네
나는 바위처럼 앉아 있었네

편지 1

검은 구름 뒤 은은한 달빛
수줍은 듯 부드러운 초가지붕
밝기를 더하는 별빛
조용히 가을이 내리는 마을

대숲의 나지막한 속삭임
밤을 지키는 소나무 그림자
깊푸른 하늘에 걸린 구멍 난 달
너를 기다리는 등불 하나

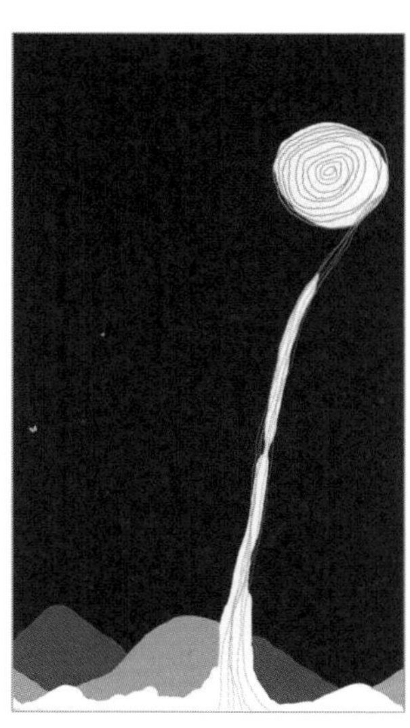

고향생각

2017/07/04 04:27

빗소리 때문인지 쉬이 잠이 들지 못하네
고향 집 지붕도 이리 소란스러울까
동생들 잠든 지붕 아래도 이러할까
고된 마음 위로하려 두드린다면
이제 되었으니 너도 자러 가거라
번개 친구 천둥 친구도 데려가거라
고향 집 창은 내 방처럼 켜지지 않게

사공의 봄

햇살 비치는 남쪽 강둑 위에
나란히 앉아 있는 어린 봄

강 위를 지나는 찬바람을 핑계로
재잘대다가 한참을 졸고 있네

살얼음 깨고 북쪽 강둑을 향해
힘차게 노 젓는 사공의 붉게 솟은 볼

나룻배 한가득 졸고 있는
어린 봄을 실어 나르네

동심파괴 1

도시에 사는 손녀가 시골 할아버지 댁에 놀러 갔다
넓은 마당을 가로질러 할아버지 품에 안겼다
"할아버지 마당이 넓어서 너—무 좋아요... 까르르~^^"
할아버지의 표정이 갑자기 굳어졌다.
"그러잖아도, 건폐율이 20% 밖에 안돼서 속 터지는구만..."

신기하게 일관적인 세상

푸른 눈동자에서 투명한 눈물이 솟아나는 장면을 보았다
검은 눈동자를 가진 사람들도 투명한 눈물을 흘렸다
회색빛 눈에서도 찢어진 눈에서도 깊게 파인 눈에서도
모두 같은 눈물이 흘렀다
참 신기한 일이다

푸른 하늘에서 투명한 비가 내리는 장면을 보았다
잿빛 하늘에서도 투명한 비가 내렸다
검은 하늘에서도 하얀 하늘에서도 저 산 너머에서도
모두 같은 비가 내렸다
얼마나 신기한 일인가

참으로 신기하게 일관적인 세상이다

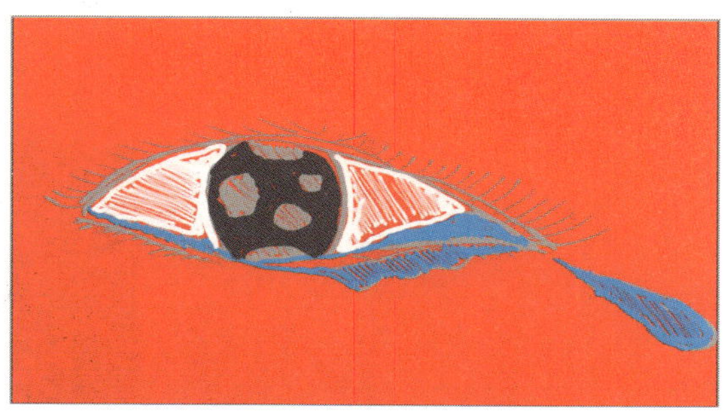

한 사람

한 사람이 길을 간다
보였다가 보이지 않았다가
보이지 않았다가 보였다가
한 사람이 길을 간다
어느 곳 어느 시간에서 그대는 보이지 않는가
어느 곳 어느 상황에서 그대는 보이지 않는가
한 사람이 길을 간다
가끔은 나비가 난다

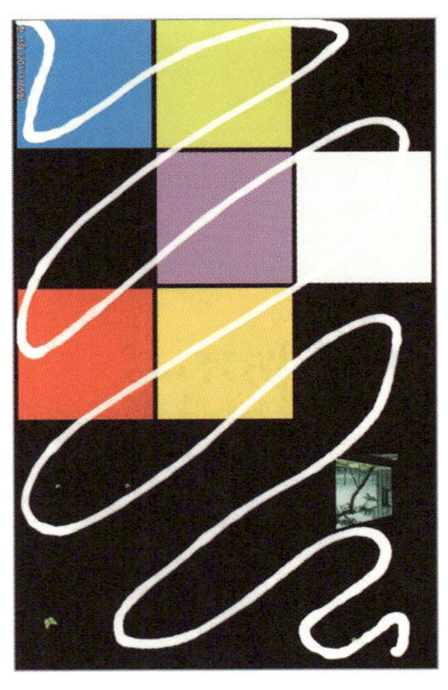

풀꽃 가득한 세상이어라

두 사람

두 사람이 길을 간다
한 사람이 보였다가 보이지 않았다
한 사람이 보이지 않았다가 보였다

두 사람이 길을 간다
어느 곳 어느 시간에서 그대는 보이지 않는가
어느 곳 어느 상황에서 그대는 보이지 않는가

두 사람이 길을 간다

황홀한 독방

그녀 떠난 공간은 황홀한 독방
앵무새 떠난 창가엔 흥겨운 노랫소리
홀로 남은 공간은 무한으로 자유롭다
걱정과 근심과 관심조차 자유로운 곳

나는 나와 만난다
나의 과거와 미래와 만난다
허虛한 듯 공空한 독방

그 안에 앉은 나
나 안에 담긴 우주

황홀한 독방을 만난다.

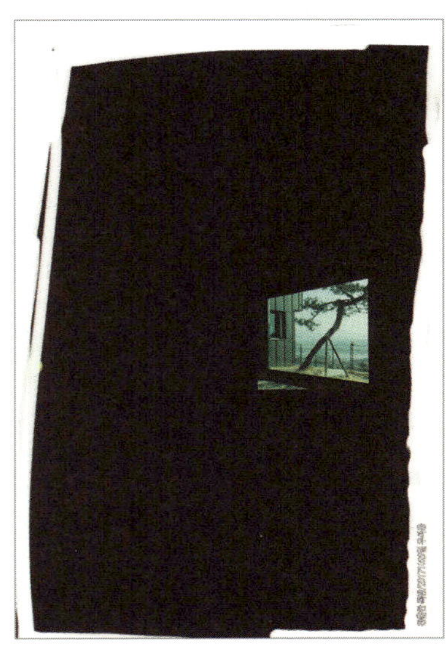

세상은 시인을 춤추게 한다.

2017/10/24 22:27

장난이라고는 하나
그 손끝이 겸손하진 않았으리라
맥주잔에 가득 꽂힌 오만 원 지폐들
천박하다 유치하다 눈을 찌푸렸으나
돈의 단맛을 아는 혀가 먼저 춤을 춘다

아—
진정 위대하여라

탐욕이여—
돈이여—

슬픈 눈의 시인이 따라서
춤을 춘다

가난한 세상의 가난한 기도

가난한 사람들을 위해서 가난한 모습으로
가난하게 내려오신 가난한 크리스마스에
가난한 트리에서 가난하게 비쳐오는 가난한 불빛을
가난하게 보고 있는 가난한 시선들과
가난한 트리를 가난하게 장식하는 가난한 가지 위로
가난한 사연들이 밤하늘의 가난한 별처럼 가난하게 떨어져 박힌다
가난한 십자가를 이고 있는 가난한 교회에서는
전혀 가난하지 않은 불빛이
멀어져 희미한 별처럼 가난한 자들의 머리 위로 가난하게 내린다
자의로 얻은 가난이든 타의로 얻은 가난이든
가난이 그분의 뜻에 따르는 길이길 바라는
가난한 기도가 가난한 어둠을 울린다

풀꽃 가득한 세상이어라

시를 써야 하는데

시를 써야 하는데 밥이 맛있다
누가 밥풀떼기에 꿀을 발라 둔 것만 같다
배 퉁기며 누운 모가지에 또 단침이 꼴깍 넘어간다

시를 읽어야 하는데 침이 맛있다
누가 입안에 단 것을 넣어 둔 것만 같다
짧은 시 하나에 단물이 한 됫박 넘어간다

시를 만나야 하는데 말이 맛있다
누가 말 속에 꽃을 심어 둔 것만 같다
짧은 한마디에도 귓구멍 가득 향기가 넘어간다

시를 써야 하는데

양양 밤바다

파도가 발목을 친다

파도는 그저 본성대로
밀려올 뿐이다

나는 그 파도가
내 발목을 친다고 느낀다

더디 더디 가라고
오랜만에 오고선
그리 급히 걷냐고
파도가 치고 간다

비 오는 양양 밤바다
파도가 나를 잡는다

풀꽃 가득한 세상이어라

하얀 거미

찢어진 가슴을 감싸 안은 채 웅크리고 있었다
어둠으로부터 하얀 거미가 다가왔다
거미는 오방색 실을 뽑아
찢어진 가슴을 어여쁘게 기워 주었다.
어둠에서도 빛나는 오방색 무늬가 하나 더 생겼다

저기 어스름이 내리는 낮은 십자가의 세상이 있다
십자가 위로 모여드는 검은 구름을 보며
남자는 알 수 없는 미소를 짓는다
성에 낀 유리창에 비친 사내의 미소가 낯설다
사내의 마음을 비치는 슬픈 거울은 어디 있는가
하얀 거미가 사는 세상은 어디인가

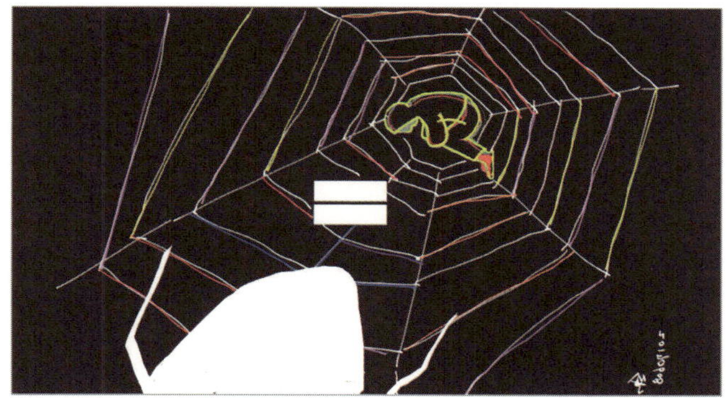

풀꽃 예찬

2017/10/28 22:53

풀꽃은 피어 있다
구름이 낮게 내리고
바람이 제 힘을 자랑하는 날에도
풀꽃은 피어 있다

오늘도 풀꽃은 피어 있다
높은 끝과 낮은 끝의 사이에서
강한 끝과 약한 끝의 사이에서
좋은 끝과 싫은 끝의 사이에서
선한 끝과 악한 끝의 사이에서
옳은 끝과 그른 끝의 사이에서
풀꽃은 피어 있다

오늘도 풀꽃은 피어 있다
개와 늑대의 시간 사이에서
빛과 어둠의 공간 사이에서
꽃과 낙엽의 고리 사이에서

말과 문자의 혼돈 사이에서
나와 당신의 거리 사이에서
풀꽃은 피어 있다

보이지 않는 지구의 어느 한구석에서
특별하지도 않은 어떤 끝과 끝의 사이에서
지독한 열병을 이겨내며 피어 나는 풀꽃을 찬양한다

스치는 눈길 한 번 받지 못한 채
후미진 골목의 그늘진 모퉁이를 불평 없이 채우고도
가녀린 숨을 내쉬며 살아 내는 평범한 영혼을 찬양한다

세상의 모든 끝과 사이에서 풀꽃은 피어 있다
심심한 듯 수수한 풀꽃들의 춤
그 춤은 언제나 아름답다
오늘도 그 날처럼 풀꽃이 피어 있다

그대여

하늘을 보지 못하는 영혼이여
화려한 불빛 위를 떠도는 시선이여

발길이 머무는 잿빛 도시 어디에도
비어 있는 마음 하나 쉴 곳이 없구나

바람의 따스한 위로는
차갑고 투명한 유리창에 가로막혀
성가신 울음소리로 떠돌고

별달의 온화한 눈빛조차도
뜨겁고 현란한 네온 빛에 가려져
짙은 어둠의 커튼 뒤로 묻히는구나

그대 —
하늘을 보지 못하는 가없은 영혼이여
멀리서 온 밤의 전령이 이제 그대의 그림자를 보는구나

늦기 전에
어둡고 추운 밤이 닿기 전에
고개 들어 하늘을 보라

그대의 눈빛만을 기다리고 있는
작은 별 하나를 만나라
그대여—

풀꽃처럼 그냥

2017/10/08 23:21

길가에 서서 흔들리는
풀꽃처럼 그냥— 살아라

삶의 소명이 흐리거든
풀꽃처럼 그냥— 피어라

생각이 자꾸 돋아난다
생각이 다시 피어난다

네 소명은 무엇이더냐
내 소명은 또 무엇이냐

생의 소명이 흐리거든
풀꽃처럼 그냥— 피어라

걸음걸음 공허하거든
길을 따라 그냥— 걸어라

걷다 보면 또 만나리라
길가에 한껏 핀 풀꽃을

길가에 서서 흔들리는
풀꽃처럼 그냥— 살아라

인스타그램 Trip with instagram

푸른 바다로 이어진 야외 풀장에 누워 열대과일 주스를 마신다
럭셔리의 끝단에 있는 초호화 요트에서 세상을 본다
바다 밑에 만든 호텔에 들러 간단히 점심을 먹는다
요트 위에 준비된 헬기를 타고 히말라야로 간다
푸른 초원 뒤로 우뚝 선 만년 설산을 바라보며 커피를 마신다
요트로 돌아와 지중해를 지난다
뜨겁던 바다 위로 붉은 석양이 내린다
스페인 이비자섬으로 간다

왜 가냐고

암네시아 클럽에서 거품파티를 하니까
이비자의 현란한 조명을 뒤로하고 북극으로 간다
어느새 하얀 입김이 뿜어져 나온다
검은 바다 위로 거대한 별들의 강이 흐른다
검은 하늘에도 비쳐 흐른다
닮은 듯 다른 두 강 사이에 서 있다
오로라가 춤을 춘다
천상의 음악이 들린다
나도 솟아올라 천사와 함께 춤을 춘다
별들의 강 위에 비친 달 속에 우리가 있다

우주의 평화를 위해서

2017/08/17 01:19

가끔은 햇볕을 쬐며
태양이 전해 주는 우주의 이야기를 듣는다
손등 위에서도 눈꺼풀 위에서도 말을 걸어온다
나는 그저 온몸을 내어 주고 가만히 듣기만 한다
바람이 지나가며 속삭인다
나비가 시샘하듯 팔랑인다
호기심 많은 그림자는 귀만 쫑긋

갑자기 머리 뒤쪽에서
우주를 호령하는 아내의 말소리가 들린다
바짝 귀를 세우고 그 이야기도 듣는다
귀가 두 개라서 얼마나 다행인가
태양이 나를 미소 짓게 한다
아내도 따라 웃는다
착각은 자유니까

아내는 이야기하는 것을 좋아한다
나는 가만히 듣는다
내가 맥없이 던지는 맞장구를 디딤돌 삼아
한 시간을 더 이야기한다
그때도 나는 가만히 듣는다
절대로 미소를 잊어서는 안 된다
평화로운 세상을 위해서 나는
가만히 듣는다

명상 2017

지평선 위에 서 보아도
수평선에 눈을 맞춰 보아도
욕망을 실은 시선은 더 나아가질 못한다

쓰레기, 구린내가 나는 쓰레기
찰나 간에 글은 먼지처럼 쌓이고
존재는 또 별처럼 흩어졌다

구름이 뱀처럼 산을 넘는다
구름이 거대한 풍차의 날개처럼 세상을 돌린다
구름이 강아지 모습으로 찾아와 영혼을 위로한다

하얀 기운이 허리를 감싸듯 스친다
눈을 감는다.
그리고 멀리까지 시선을 보낸다

별들이 비처럼 쏟아져 내린다
드넓은 우주, 어딘지도 모르는
그곳에 닿아 시선은 비로소 힘을 잃는다

뜨겁게 타오르던 욕망은 별이 된다
다시 비가 되어 내린다
깊은 호흡 한 번 내뱉으며 다시 눈을 뜬다

시를 만나는 순간

세상을 걸어가다 보면 가끔 내가 보는 대상과 내가 하나 되는 시적 감정이 흐르는 순간을 만나게 된다. 시의 씨앗을 발견한 순간이다. 모종을 뜨듯 조심스레 사진을 찍고 글로 적어 둔다. 그 자리에 멈춰 서서 곧바로 짧은 글을 쓰는 경우가 대부분이지만, 씨앗만 모시고 가는 경우도 적지 않다.

이렇게 가슴에 심어진 씨앗은 나도 모르는 사이에 꽃을 피운다. 어떤 꽃으로 피어날지 알 수 없기에 더 기대가 된다. 세상에 숨어 있는 어여쁜 씨앗을 찾으러 나서는 걸음은 언제나 황홀하고 흥미진진한 여행이다. 그래서 짬이 날 때마다 나는 걷는다.

운이 좋은 날에는 상황과 의미가 겹쳐진 하이쿠적 통찰이 보이는 순간을 만나기도 한다. 어떤 상황이나 장면이 마치 심오한 정신적 깊이와 의미를 담고 있는 것처럼 보이는 경우가 그렇다. 범종이 울리고 숲이 흔들리고 새가 날아오르는 장면이 그렇다. 개구리가 바위에서 일광욕하는 장면이나 연꽃과 나비와 개구리가 노니는 연못을 마주할 때가 그렇다. 흐리멍덩한 내 정신에 찬 물을 끼얹어 주는 장면. 그런 장면 앞에서는 걸음을 멈추고 서서 한참을 웃고 있는 나를 발견한다.

호흡을 편안히 하고 걷는 행위에 집중하다 보면 감정의 파도가 잦아드는 느낌이 올 때가 있다. 작은 의식의 산을 떠받치고 있는 거대한 무의식의 산맥을 만나는 순간이다.

겹겹이 중첩되어 세상의 끝까지 이어진 광활한 산맥이나 조그만
빛조차 보이지 않는 심연의 바다에 의식이 가 닿는다. 숨소리도
정갈해진다. 걸음이 편안하다. 어깨와 목에 힘이 빠진다. 한
걸음씩 거대한 무의식의 세계로 들어간다. 무한 우주에 채워진
별의 바다를 가로지르는 호흡이 보인다. 은하가 쏟아져 내린다.
시원한 바람이 볼을 스치고 지나간다. 나는 우주를 걷고 있다.

씨앗 모으고
서서 웃기도 하고
우주도 걷고

찬란하게 빛나네
시를 만나는 순간

공명共鳴

2015/12/05 02:19

그대여 지구의 맥박이 느껴지는가
심장의 울림이 같아지면 그대는 지구와 하나가 된다

공명共鳴,
함께 운다는 것에 대하여
어떤 울림은 큰 위로가 되어
하염없이 흐르던 눈물의 강을 멈추게 한다
어떤 울림은 살아 있는 것과 살아 있던 것을
호흡하는 것과 호흡하지 않는 것을
의지가 있는 것과 의지가 없는 것을
말하는 것과 말하지 않는 것을
하나로 만든다

꽃잎 위로 떨어지는 한 방울의 빗소리가
시간이 숨어 있는 한 장의 사진이
심장을 멎게 하는 한 호흡의 그리움이
삶을 위로하는 한 송이의 꽃이
어둠을 밝혀주는 한 줄의 시가
나를 너와 함께 울게 만든다

공명, 함께 운다는 것은
과거를 지금으로 만드는 행위이며
죽은 자를 현재로 불러내는 행위이며
마비된 채 버려진 본능을 깨우는 행위이며
눈물의 에너지로 내일을 밝히는 행위이다

연못은 철없는 개구리와 함께 운다
귀뚜라미는 적막한 밤과 함께 운다
비는 메마른 대지와 함께 운다
바람은 잠자는 나무와 함께 운다
연인은 빛바랜 추억과 함께 운다
파도는 무심한 바위와 함께 운다
안개는 첩첩 누운 산과 함께 운다
먼지는 금빛 햇살과 함께 운다
부모는 앞서간 자식과 함께 운다
나는 너와 함께 운다
우리는 그대와 함께 운다

공명共鳴, 함께 운다는 것은
공생共生, 함께 산다는 것이다

걷다가

2017/08/01 07:41

걷는다
쓴다

두 발로 걷고
생각으로 걷는다

보이지 않는 지구의 한쪽 모퉁이를
걷는다

생각한다
궤적 없는 우주의 먼지보다 작은 나를

오늘도
걷다가 가끔 멈춰 서서

저 차갑고 푸른 별을 향해
온기 없는 씨를 뿌린다

두 발로 쓰고
생각으로 걷는다

오늘도
걷다가 가끔 멈춰 서서

불어오는 바람에
詩를 맡긴다

비 오는 밤 책 읽기, 성독

하늘이 크게 두어 번 흔들리더니
이내 빗소리가 세차다
거센 빗소리에 기대어 책을 읽는다
이런 날은 큰 소리로 책을 읽어도 좋은 날이다
아무리 큰 소리로 읽어도
빗소리에 묻혀 세상을 어지럽히지 않으니
이 얼마나 좋은 기회인가
마음껏 소리를 지른다
책에서 튀어 나온 목소리가 벽에 부딪혀
다시 제자리로 돌아가 박힌다
하늘이 어두워 평소보다 훨씬 더 밝아 보이는 방 안을
박쥐처럼 거뭇한 글자들이 튀어 다닌다
더 흥이 나서 빠르게 입술을 놀린다
단어들이 걷잡을 수 없는 속도로 스쳐 간다
시샘이라도 하는 듯 빗소리가 더 요란해진다
기세에 눌린 글자들이 엉겁결에 바닥으로 떨어진다
어느새 방 안은 고요해지고
방바닥은 글자들의 주검으로 가득 차 있다

빗소리가 서서히 잦아들어
주문을 외듯 다시 책을 읽는다
글자들이 하나둘 공중으로 떠오른다
내 머리 위에서 원을 그리며 돌다가
다시 책으로 들어가 앉는다
마치 태풍이 지나간 듯 방 안은 다시 고요하다
불을 끄고 자리에 눕는다
가만히 눈을 감는다
깊게 두어 번 호흡한다
나지막이 빗소리를 듣는다

불금은 열병처럼

1.

노동은 초침처럼 반복되고
인생은 파리처럼 맴맴 돌고
마음은 낙엽인양 말라가고

2.

사랑은 사람처럼 돈을 쫓고
종교는 사람인양 돈을 쫓고
사람은 들개마냥 돈을 쫓고

3.

남편은 무소처럼 일만 하고
아내는 기계처럼 일을 하고
부부는 가구인양 말이 없고

4.

학교는 군대처럼 가르치고
사회는 감옥처럼 훈육하고
백성은 괴뢰마냥 모자라고

5.

개인은 풀잎처럼 나약하고
자본은 무쇠처럼 단단하고
권력은 영원처럼 영원하고.

6.

불금은 열병처럼 전염되고
허무는 거미처럼 다가오고
시인은 아귀마냥 시를 먹고

나비, 오늘을 날다

나비, 오늘을 날다

얽히고 설킨
인연의 그물 사이
나비가 난다

20170429토 우석용

나비, 영원을 날다

달보다 작은
노랑나비 날갯짓
흩어진 시간

20170429토 우석용

귀천

이제 가자꾸나
차가운 바다 떠나
하늘 꽃밭으로

그곳에서는 부디
나중에 지는 꽃이거라

20170328화 우석용

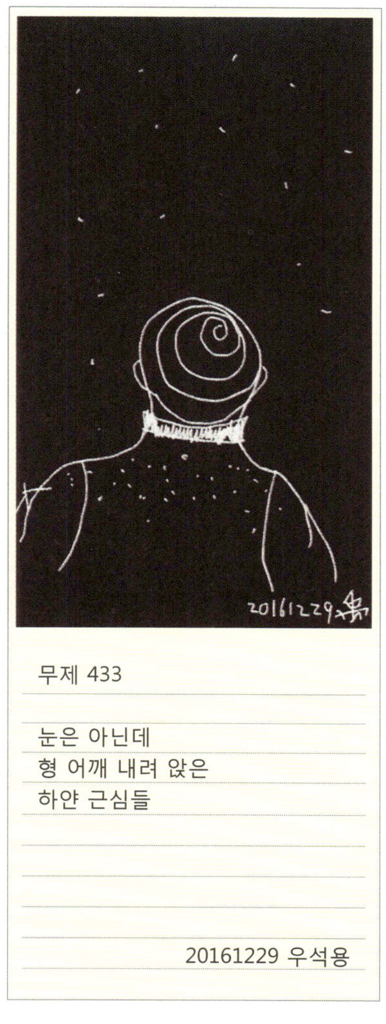

무제 433

눈은 아닌데
형 어깨 내려 앉은
하얀 근심들

20161229 우석용

노란 여행

노란여행

노란 길 따라
노란 붓꽃 민들레
노란 숲 여행

요정이 숨어 있는
낯설고 노란 동화

20170530월 우석용

편지

못 가는 마음
달에 붙여 보내는
애타는 마음

20170310 우석용
달, 남한강 그리고 추읍산

너의 창가로

2017/01/16

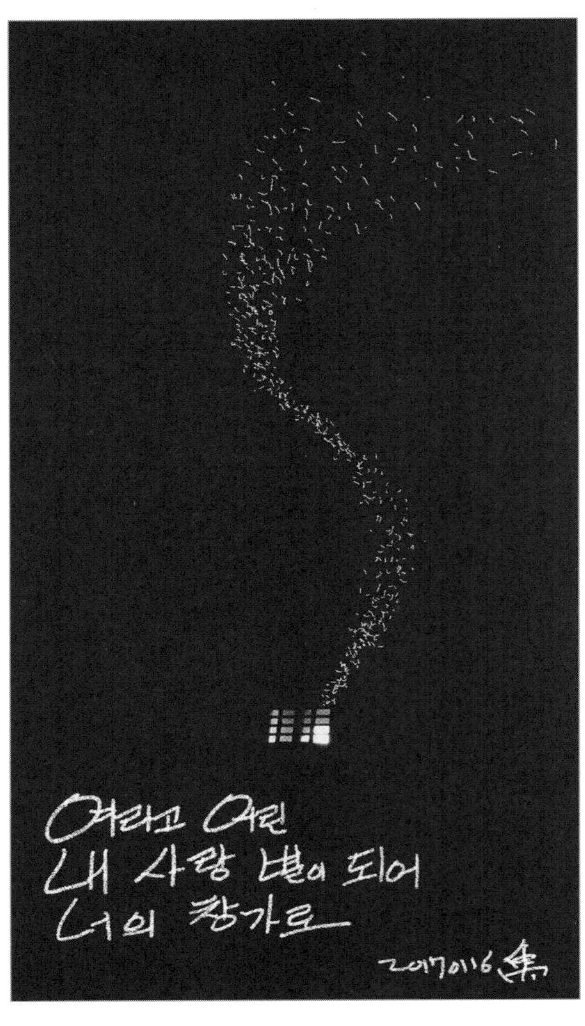

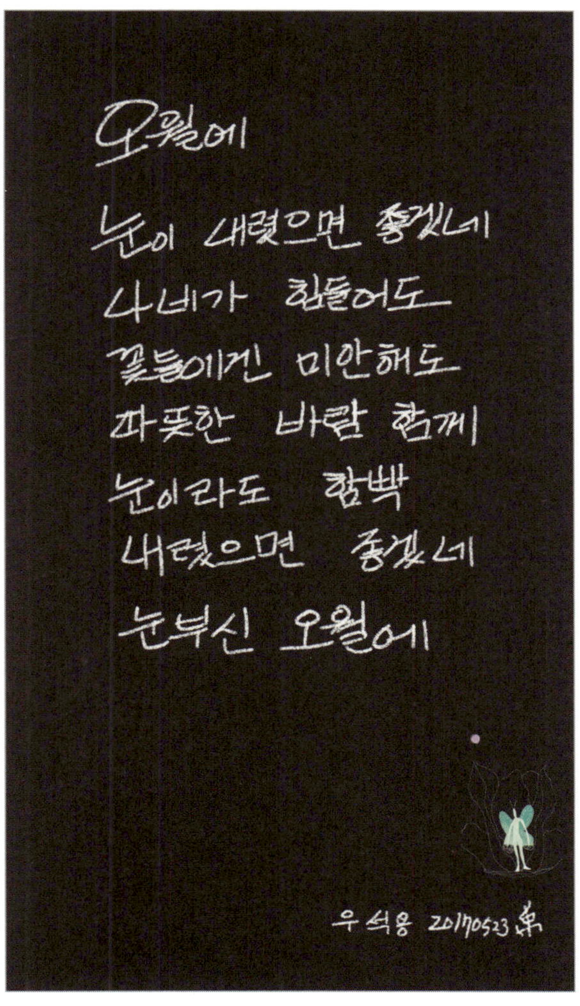

오월에

눈이 내렸으면 좋겠네
나네가 힘들어도
꽃들에겐 미안해도
따뜻한 바람 함께
눈이라도 함빡
내렸으면 좋겠네
눈부신 오월에

우석용 20170523

무제 190

무제 190

무엇으로 사죄하리
이미 뱉은 말
먹먹하고 애린 가슴

우석용

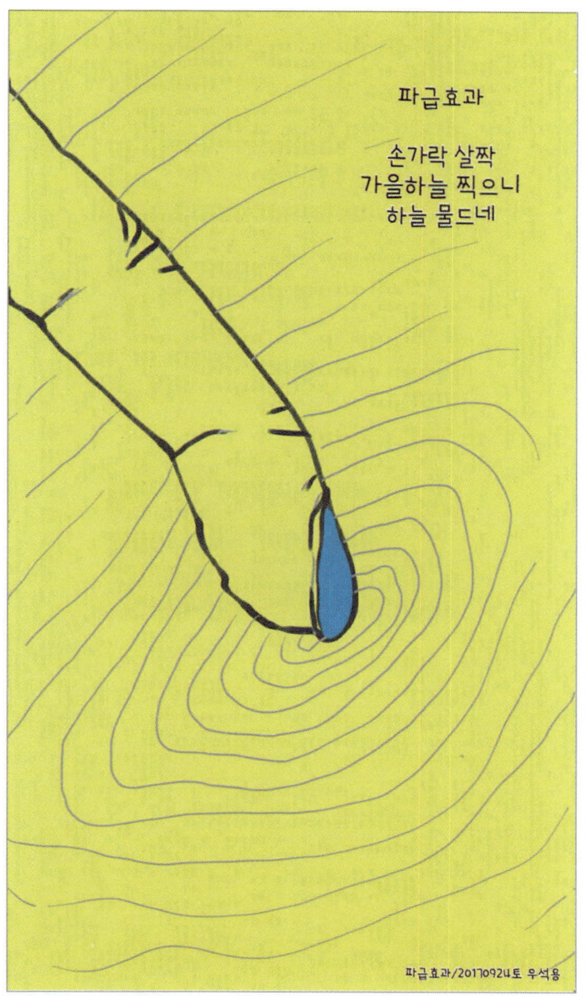

파급효과

손가락 살짝
가을하늘 찍으니
하늘 물드네

파급효과/20170924토 우석용

꽃비

천일밤 새워
새끼 품은 가슴에도
봄은 오나니

아홉 쌍 꽃비 내려
어미 가슴 달래네

20170327월 우석용

봄고양이

봄 고양이

추읍산 위로
봄을 걷는 고양이
가릉 가르릉

20170328화 우석용

정치19 (무지개의 꿈)

정치 19

산산히 부서져 눈처럼 내리거라
잿빛 도시의 기괴한 그림자 사이사이로
무지개의 꿈

20170115 06:50 우석용

무제 188

눈이 내린다
아련한 시詩가 내린다
아찔한 욕辱이 내린다
눈이 내리는 날에는
천개의 마음을 가진 카멜레온이
이 무심한 도시를 돌아다닌다

우석용

이슬에게 묻는다

주접 酒蝶

취해 꿈꾸네
향기 따라온 나비
매향 내린 술

1 *마무리글*   스마트폰 예찬禮讚

2017년 7월경, 5년째 쓰고 있는 스마트폰을 교체하러 대리점에 들른 적이 있다. 이것저것 조건과 사양을 따져보다가 배터리만 하나 사서 돌아왔다. 새로 출시되는 스마트폰을 사는 게 낫다는 판단에서였다. 그래서 이 친구와 몇 달 더 행복한 동거를 하게 되었다.

스마트폰은 나에게 아주 특별하고 소중한 친구다. 센스 넘치고 재주많은 이 친구와 함께 지난 5년간 약 2,000여 편의 글을 쓰고 그림을 그렸다. 메모장과 크로키북을 들고 다니던 시절에는 상상도 하지 못했을 일이다.

스마트폰. 이 친구 덕분에 나는 언제 어디서나 마음이 동하면 글과 그림을 그릴 수 있다. 물감이나 펜을 가지고 다닐 이유가 없어졌다. 그리고 지웠다가 다시 그릴 수 있으니, 이 보다 더 편리하고 유용한 친구가 또 있을까. 매 순간 스쳐 지나가는 생각과 감정들을 빠트리지 않고 기록하고 그림으로 남기다 보니, 어느새 나는 예술가가 되어 있었다. 스마트폰은 평범하게 걸어가던 한 남자를 시인으로 만들었고, 생각 없이 살아가던 한 사내를 화가로 만들었다.

2018년을 시작하는 이 새벽에도 나는 스마트폰과 함께 글을 쓰고 있다. 올해도 스마트폰은 나에게 매 순간 뭔가를 쓰고 그리며 항상 깨어 있으라고 충고할 것이다. 자꾸만 나를 돌아보라는 목소리를 낼 것이다.

   풀꽃 가득한 세상이어라

걷다가 가끔 詩를 쓰는 나는,
2018년에도
스마트폰과 함께 오롯이 깨어 있을 것이다.

걷다가 가끔 詩 쓰는 남자
우석용

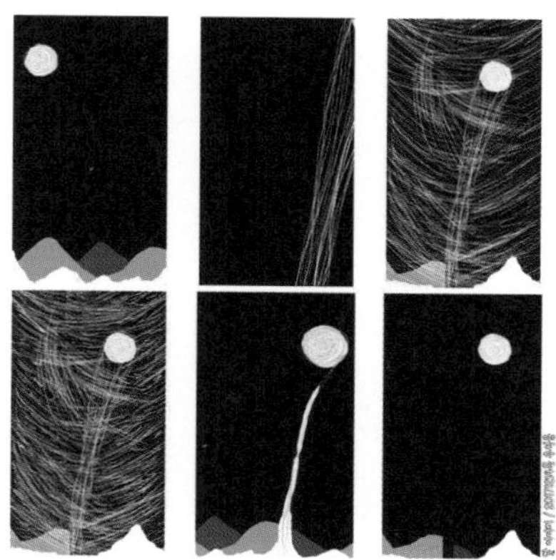

풀꽃 가득한 세상이어라

지은이 우석용

1판 1쇄 발행 2018년 1월 12일

저작권자 우석용

발행처 하움출판사
발행인 문현광
교정교열 조세현
편집 주슬기
주소 광주광역시 남구 주월동 1257-4 3층 하움출판사
ISBN 979-11-88461-14-1

홈페이지 http://haum.kr/
이메일 haum1000@naver.com

좋은 책을 만들겠습니다.
하움출판사는 독자 여러분의 의견에 항상 귀 기울이고 있습니다.